Retour à Paris.

RÉVÉLATION,

PAR

M. ÉMILE DESCHAMPS.

. . . Le cœur seul est poète.
ANDRÉ CHÉNIER.

Que fais-tu donc, Paris, dans ton ardent foyer ?
ALFRED DE VIGNY.

PARIS.

URBAIN CANEL ET ADOLPHE GUYOT,
RUE DU BAC, 104, ET PLACE DU LOUVRE, 18.

1832.

IMPRIMERIE DE AUGUSTE AUFFRAY.

RETOUR A PARIS.

IMPRIMERIE DE AUGUSTE AUFFRAY,

PASSAGE DU CAIRE, N° 54.

Retour à Paris.

RÉVÉLATION,

PAR

M. ÉMILE DESCHAMPS.

> . . . Le cœur seul est poète.
> ANDRÉ CHÉNIER.
> Que fais-tu donc, Paris, dans ton ardent foyer?
> ALFRED DE VIGNY.

PARIS.

URBAIN CANEL ET AD. GUYOT, LIBRAIRES,
RUE DU BAC, N° 104.

—

1832.

Ce poème avait été annoncé comme devant
paraître dans le troisième numéro du livre des
Cent-un. Une circonstance, indépendante de la
volonté de l'Editeur, en a empêché l'insertion.

Le *Retour à Paris* est détaché d'un recueil
intitulé : *Révélations*, qui sera publié dans le
courant de l'année. Ce seront des poésies tout-à-
fait intimes : joies d'enfance, extases de jeune

homme, folles amours, amères déceptions, noirs pressentimens, blessures cachées... la vie mortelle enfin !

Comme ce poème a été écrit sous des émotions toutes récentes, peut-être sa publication actuelle en fera-t-elle passer quelques-unes dans l'esprit de quelques lecteurs.

RETOUR A PARIS.

I.

Il faut que je vous parle aujourd'hui que je pleure,
Louise ; à m'écouter voulez-vous perdre une heure ?
On peut bien perdre une heure alors qu'on a sept ans.—
Oui, prêt à fuir, hélas ! bien loin, pour bien long-temps,
Ces grands bois, ces grands monts, cette Auvergne chérie,
De mon cœur orphelin adoptive patrie,

Et votre frais château, que d'avance j'aimais,
Qui sera déjà noir... si j'y reviens jamais,
Il faut que je vous parle ; et vous, petite folle,
Comme au lit d'un mourant pesez chaque parole.
Je ne le voulais pas, mais c'est toujours ainsi,
Votre mère le veut et je le veux aussi.
Je ne le voulais pas ; car j'ai l'ame si sombre,
Que c'est pitié vraiment qu'elle verse son ombre
Sur vos regards en feu, sur votre joue en fleur.
Vous demandez pourquoi je souffre, et quel malheur ?...
Eh ! mon Dieu ! qui voudrait recommencer sa vie
Au prix des maux qui l'ont de jour en jour suivie !
Quel malheur ?... Un destin manqué... Paris à voir...
Un chaos de pensers que nul ne doit savoir,
Vœux déçus, repentirs : lames empoisonnées,
Couleuvres dans le cœur sans cesse retournées ;
Ou des rêves dorés, un fantôme charmant
Qu'emporte chaque aurore impitoyablement ;
Ou des amis jetés loin de nous... quelque femme
Qui jouait un caprice à peine contre une ame ;
Ou le mal lent et sourd d'un cœur qui se souvient
Des morts... ou bien peut-être est-ce l'âge qui vient !...
C'est tout cela.—Donc, moi, je suis sombre et morose,
Comme vous, mon enfant, vous êtes blanche et rose.

Et puis, je ne suis pas de ces flatteurs d'enfans,
Qui se pâment d'un mot, et s'en vont, triomphans,
Le conter à la mère, en criant au miracle !...
Bien ! dix ans de Paris, et ce petit oracle
Sera quelque bégueule ou quelque fat musqué,
Bons à parler *herbault*, ou danseuse, ou jockei,

Et que la mort, un jour, avec ses mains glacées,
Viendra prendre au milieu de ces graves pensées ! —
Mais, Louise, à nous deux : plusieurs vous apprendront
Que la grâce vous pose un diadème au front,
Et que, toute petite encore que vous êtes,
Il n'est guère de taille et de jambes mieux faites ;
Que vos yeux sont très-noirs et vos cheveux très-blonds
(Double et rare beauté !) ; que vos cils fins et longs
S'abaissent, palpitans, sur votre belle joue,
Comme un grand papillon qui dans ses fleurs se joue ;
Que vous aurez bientôt la voix d'un rossignol ;
Des pieds à rendre fou tout un bal espagnol ;
Et que Dieu mit en vous l'harmonieux mélange
D'un esprit de lutin avec le cœur d'un ange...
Que sais-je ? Ces messieurs répandront sur vos pas
Mille douceurs encor... Moi, je n'en parle pas. —
Tous ces charmes, d'ailleurs, auréole éphémère,
Le beau miracle, étant fille de votre mère !

Ce dont il faut parler, c'est du futur emploi
D'une si riche dot : jurez, oh ! jurez-moi
De ne la point user dans ce Paris profane,
Où, comme la beauté, l'ame aux flambeaux se fane ;
Où les hommes n'ont pas d'amis s'ils n'ont point d'or ;
Où des femmes, niant la pudeur, leur trésor,
Vous diraient que, pourvu qu'on soit la plus jolie,
Aller s'inquiéter d'autre chose est folie ;
Où mille sots blasés se creusent, jours et nuits,
A chercher des plaisirs qui les changent d'ennuis...
Riez pourtant, dansez et bondissez de joie
Sur votre banc, sitôt que l'archet se déploie ;

Soyez reine d'un bal; c'est bien, j'applaudirai
Ainsi que la douleur, le plaisir est sacré;
Mais qu'il soit, à travers les devoirs et l'étude,
Une distraction, et non une habitude. —
Malheur à vous, heureux du siècle, je vous plains !
Une fête vous prend d'une orgie encor pleins;
Le reflux du *rout* vous berce et vous emporte;
Mais avec votre *groom*, le *spleen* est à la porte.
Quand le feu d'artifice est tiré, ce n'est plus
Qu'un échafaud, squelette aux bras noirs, vermoulus,
Qui devant nous se dresse horrible, et dont la tête
Se détache plus sombre aux lampions de la fête !

Et puis, qui sait? Votre ange, enfant, vous garde-t-il
Paris avec ses bals, ou l'ombre d'un exil?
Qui sait cela? — Comment serez-vous adorée?
Sur la verte pelouse, ou la moire dorée?
Belle en manteau de cour, ou belle en blanc corset,
Vous dirai-je : Princesse, ou Louise? — Qui sait?
Peut-être que le ciel, ainsi qu'à votre père,
(Qui ne fait dans ses bois qu'une halte, j'espère),
Vous prépare un destin orageux, des combats
D'où l'on ne sort plus grand que pour tomber plus bas;
Mais pour cueillir plus tard des palmes peu communes,
Si l'on a, comme lui, porté ses deux fortunes.
Savons-nous rien? sinon que tout est incertain;
Armez-vous de douceur et de force au matin
Pour tout le jour; c'est être heureux que d'être sage.
Que voulez-vous? la vie est comme un paysage
Qui fuit, se transformant à l'œil du voyageur;
C'est la lune. — Tantôt, dans sa pleine largeur,

Sur le bord d'un nuage elle s'arrête... et passe
Semblable au front d'un spectre égaré dans l'espace;
Tantôt, frêle croissant, elle se penche aux yeux
Comme un vaisseau d'argent échoué dans les cieux;
Ce soir, c'est une reine, écartant tous ses voiles,
Qui rassemble autour d'elle et tient sa cour d'étoiles;
Hier, dans les brouillards, son disque s'est levé
Rouge, morne et sanglant, comme un grand œil crevé;
Et demain elle aura, loin du ciel effacée,
Caché sa honte, ainsi qu'une épouse chassée. —
Telle est la vie, avec ses retours inconstans,
Depuis le péché d'Ève, et surtout dans nos temps,
Où du monde vieilli précipitant les phases,
Dieu laisse les méchans en ébranler les bases,
Et s'arracher entre eux le saint manteau des rois,
Et pour l'arbre de sang déraciner la croix....
Cependant que son souffle, amoncelant les nues,
Pousse du Gange au Rhin des pestes inconnues!
—Pourquoi les bons punis? pourquoi le mal vainqueur?
Mystères! adorons, et vivons par le cœur,
Vivons par la vertu, vivons par la pensée,
Triple don négligé de la foule insensée;
Force, *amour* et *lumière*, humaine Trinité,
Symbole temporel de la Divinité!

Vous souriez, Louise, et sans doute vous dites
Que je tiens des discours bien forts pour des petites
De sept ans; mais toujours l'orgueil se glisse en nous,
Et c'est pour les mamans que sont les beaux joujoux.

Ah! vivez par le cœur, tout le reste est fragile:
Ambition! colosse avec des pieds d'argile;

Vanité! faux brillant que le jour amortit,
Fruit de cire qui tente et trompe l'appétit;
Fortune! autre *Veau-d'Or,* déesse-courtisane,
Qui vend cher ses faveurs, nous énerve et nous damne;
Sale idole debout sur tous nos saints débris,
Et, dans son temple grec, patrone de Paris!...
Ah! vivez pour aimer, aimer Dieu, la nature,
Les arts, passion chaste et sublime imposture,
La sainte poésie, au feu sombre ou vermeil,
Par qui l'ame s'épure et remonte au soleil;
Pour aimer les travaux, les fêtes domestiques,
Les fabuleux récits des merveilles antiques,
Et les jeux fraternels sous le large noyer
Qui défend des chaleurs et chauffe le foyer;
Pour aimer vos parens, si joyeux de leur fille,
Et leurs amis qui sont encore une famille;
Et pour aimer aussi quelqu'un, de cet amour
Qu'il vous faudra connaître en l'inspirant un jour.
Mais l'amour idéal, jeune, exclusif, austère,
Qui traverse une vie et n'est pas de la terre,
D'abord faible et tremblant comme un astre qui point,
Bientôt comète ardente et qui ne s'éteint point;
L'amour enfin.— Et non cet amour des coquettes,
Volant qui rebondit sur toutes les raquettes,
Qui va, vient, tourbillonne, insensé de plaisir,
Comme un oiseau magique impossible à saisir,
Mais qui, lorsque le jeu se prolonge et s'allume,
Se prend l'aile et toujours y laisse quelque plume.

Et d'ailleurs, dans ce monde étourdi, froid, moqueur,
Prenez-y garde, il peut se rencontrer un cœur;

Un seul regard de femme y verse un incendie ;
Ne jouez pas ainsi. C'est une maladie,
Un sort que vous jetez avec un front serein.
C'est ainsi que l'on brise un homme, et qu'un chagrin,
Quand ses jours pâlissans commencent à décroître,
Le pousse à la folie, au crime, ou dans le cloître !....

Un exemple vaut mieux que tous les grands discours ;
Je le prends à Paris, et presque de nos jours ;
Vous entendrez partout crier à vos oreilles
Qu'on n'aime plus... propos de banquiers ou de vieilles :

Eh ! quel homme aima plus une femme ! c'était
Un amour frais, brûlant, qui souffre et qui se tait ;
Le feu long-temps caché qui grandit sous la cendre.
A force de se taire, il sut se faire entendre...
Vous dire son extase alors, un séraphin
Le pourrait ; — mais voilà ce qu'il lui dit enfin :
« Oh ! vous m'avez placé sur un trône céleste !
Oh ! j'ai pitié des rois, si votre cœur me reste !
Tout ce que j'ai perdu, tout ce que j'ai rêvé,
Vos yeux cherchent mes yeux, et tout est retrouvé !
Avais-je des chagrins ? Je ne sais pas, j'oublie ;
Avec mon avenir, je me réconcilie ;
Comme Lazarre, un Dieu me vint toucher du doigt,
Je renais !.. qu'il est beau le jour que l'on vous doit !
Mais parlez, ordonnez ; voulez-vous que le monde
Aux appels de ma voix par mille échos réponde ?
J'occuperai le monde à répéter mon nom.
Ne le voulez-vous pas, mon amour ? eh ! bien non ;

Pourvu que je vous serve et que je vous adore,
Et que je vous le dise et vous le dise encore,
Toute autre gloire est folle, et mon nom ne m'est doux,
Qu'enchaîné près du vôtre et prononcé par vous.
Comment c'est vous, c'est moi! là, tous deux, loin des autres!
Ces deux mains dans mes mains sont-elles bien les vôtres?
Dites ; est-ce bien vous? est-ce bien moi?— J'ai peur.
Si tout n'était qu'un rêve, une ombre, une vapeur?...
Vous-même, oh! si jamais, pour un autre sensible,
Vous alliez de mon trône!..oh! non c'est impossible,
N'est-ce pas? »—Et déjà, sortant de leur linceul,
Tous ses malheurs éteints, revivaient dans un seul.

Mais Elle souriait d'un langoureux sourire,
Comme elles font; et lui se reprenait à dire
Et redire : « Impossible, impossible!... pardon.
C'est que... ce qui suivrait de près votre abandon,
Ce qui suivrait de près...Dieu seul peut le connaître!
Vous m'aimez, dites-vous. C'est un péché peut-être ;
Si vous ne m'aimiez plus... ah! malédiction!
Je chargerais deux fois votre confession!
Je suis fou... Non...; je ris.—Ces beaux cheveux de soie,
Oh! oui, dénouez-les, que ma tête s'y noie!...
Vous pleurez, et pourquoi pleurez-vous, mes amours,
M'aimerez-vous long-temps? »—« Je ne sais, mais toujours! »

Or, la première fois qu'il revit sa fidèle,
Un étranger marchait d'un certain air près d'elle;
Disons tout cependant, trois mois s'étaient passés!
Qui peut tromper des yeux d'amant? c'en fut assez.

Le rêve en cauchemar bien vite dégénère,
Et la source en torrent; l'arbre atteint du tonnerre
Tombe avec tous ses fruits qui ne mûriront pas.
C'en fut assez, vous dis-je; et se mourant tout bas,
Fort gai d'ailleurs, afin de n'égayer personne,
Il jeta trois dés, puis... mais, c'est midi qui sonne,
Ma Louise, êtes-vous gentille, et moi bavard !
Allez donc, vous saurez mon histoire plus tard;
Avec vos grands cheveux, allez, petite reine,
Secouer mes sermons au pont de la Garenne;
Mais songez-y, ce soir; et priez le bon Dieu
Pour celui qui vous prêche et qui va dire adieu!!

Château de Chassaigne (Auvergne), ... septembre 1831.

II.

L'adieu fut prononcé. J'ai revu la grand'ville
Où la guerre étrangère et la guerre civile
Ont dressé tour à tour et traîné vingt drapeaux;
La ville sans raison, sans air et sans repos,
Et sur qui, tous les ans, l'ange maudit secoue
Quatre mois de poussière après huit mois de boue...
M'y voilà cependant.—Oh! le sombre séjour,
Par une fin d'automne et vers la fin du jour!

Où sont mes rocs brûlans, mes fraîches promenades,
Les cris de l'aigle à jeun, le fracas des cascades,
Les soupirs des forêts et des beaux lacs!—au lieu
De ces grands bruits, qui sont comme la voix de Dieu,
C'est la voix des crieurs de la Bourse, Gomorrhe
Qu'il faudra bien qu'un jour le feu du ciel dévore!...
Le chagrin est plus noir dans la noire cité...
Et partout le brouillard, comme un crêpe, jeté!...
La pâle aurore touche au pâle crépuscule;
Ce monde est triste à voir, et le soleil recule...
Deuil au ciel!... Deuil au cœur!...

      —Quel magique univers
Rejette, éblouissant, le linceul des hivers?
Pour un soleil mourant, des milliers de bougies,
Et splendides galas, et dansantes orgies,
Et fleurs de mousseline, et femmes de satin,
De leur nocturne joie insultant le matin;
Et musique de Naple, anglaises tragédies,
Bayadère de l'Inde, avec rage applaudies,
Et grands drames nouveaux, et systèmes changeans,
Pour qui, sans y rien voir, se battent tant de gens;
Et les Diorama, Néorama... que sais-je?
Et le Musée ouvrant ses salles où Corrége
Revit avec Rubens, Rembrandt et Canova,
Sous des noms, jeune espoir du vieux siècle qui va;
Et romans de l'enfer, céleste poésie,
Double ivresse de punch brûlant et d'ambroisie;
Et tout le jour, ainsi qu'à Moscou, les traîneaux;
Comme à Gênes, les soirs, masques et dominos;
Et, dans les salons d'or, les longues causeries
D'aventures, de guerre et de galanterics...

Tous ces rires, ces pleurs, tous ces chants, tous ces cris,
Ce prisme, ce chaos harmonique... Paris!
Ce temple à mille dieux, ce bazar, cette fête,
Paris, la vie ainsi que les hommes l'ont faite,
Opposant, fils rivaux du monarque du ciel,
Leur monde fantastique à l'univers réel,
Monde dont le Caprice enfanta la merveille,
Monde qui dans l'hiver et dans les nuits s'éveille,
Monde qui vous fascine et l'ame et les regards,
Car la nature est belle... un peu moins que les arts!
Car, bien que morne au bord de cette mer qui roule,
Et muet dans ce bruit, et seul dans cette foule,
Tant de prestiges, tant d'éclat, de mouvement
Vous entoure, qu'il faut s'y mêler par moment;
La vapeur du festin, malgré vous, vous enivre,
Et l'on croyait mourir, et l'on se prend à vivre!...

Salut, gouffre sauveur, Babylone du Nord,
Toi, que je blasphémais, toi, l'orage et le port!
Salut!—Il n'est que deux séjours sur cette terre :
L'exil où saintement s'accomplit le mystère
De quelque belle amour cachée à tous les yeux,
Lieu, qu'en mourant, on quitte à regret pour les cieux;
Et Paris, grand foyer, lumineuse tempête,
Où le cœur s'étourdit, où l'on vit par la tête.
Salut donc! de ton luxe et de tes arts pompeux
Réveille mes regards éteints, et, si tu peux,
Couvre de tous tes bruits, les cris d'une ame en peine.
Je regarde et j'écoute.—Allons, Paris, en scène!
Je veux du drame immense, aux huit cent mille acteurs,
Suivre la marche, assis au banc des spectateurs :

Tristes soulagemens d'un mal irrémédiable,
Passez, maux et douleurs des autres!—Et toi, Diable,
Qui, cent ans dans ta fiole est demeuré honteux,
Casse encor ta prison avec ton pied boîteux;
Jamais pays, jamais siècle ne fut plus digne
Du fouet étincelant de ta verve maligne;
Sottise, vice heureux, faux amours, folles mœurs...
Tout est mieux qu'à Madrid! Sors, sors donc, ou tu meurs!
—Bien.—Il est nuit, partons.—D'un coup de ta béquille,
Des maisons, des palais, fais sauter la coquille;
Étale devant moi les cœurs, la vie à nu,
Et des types humains le revers inconnu;
Perce les murs épais, déchire les longs voiles,
Qu'au fond de tout, partout, l'œil ardent des étoiles
Plonge; et dans ses comptoirs, au bal, aux clubs, au lit,
Prenons Paris entier comme en flagrant délit.

Viens, Démon; tu seras le plus fêté des anges,
Si, parmi ces tableaux, ces mystères étranges,
Tu peux, sous la magie où tu vas me tenir,
De moi-même, un instant, m'ôter le souvenir!!

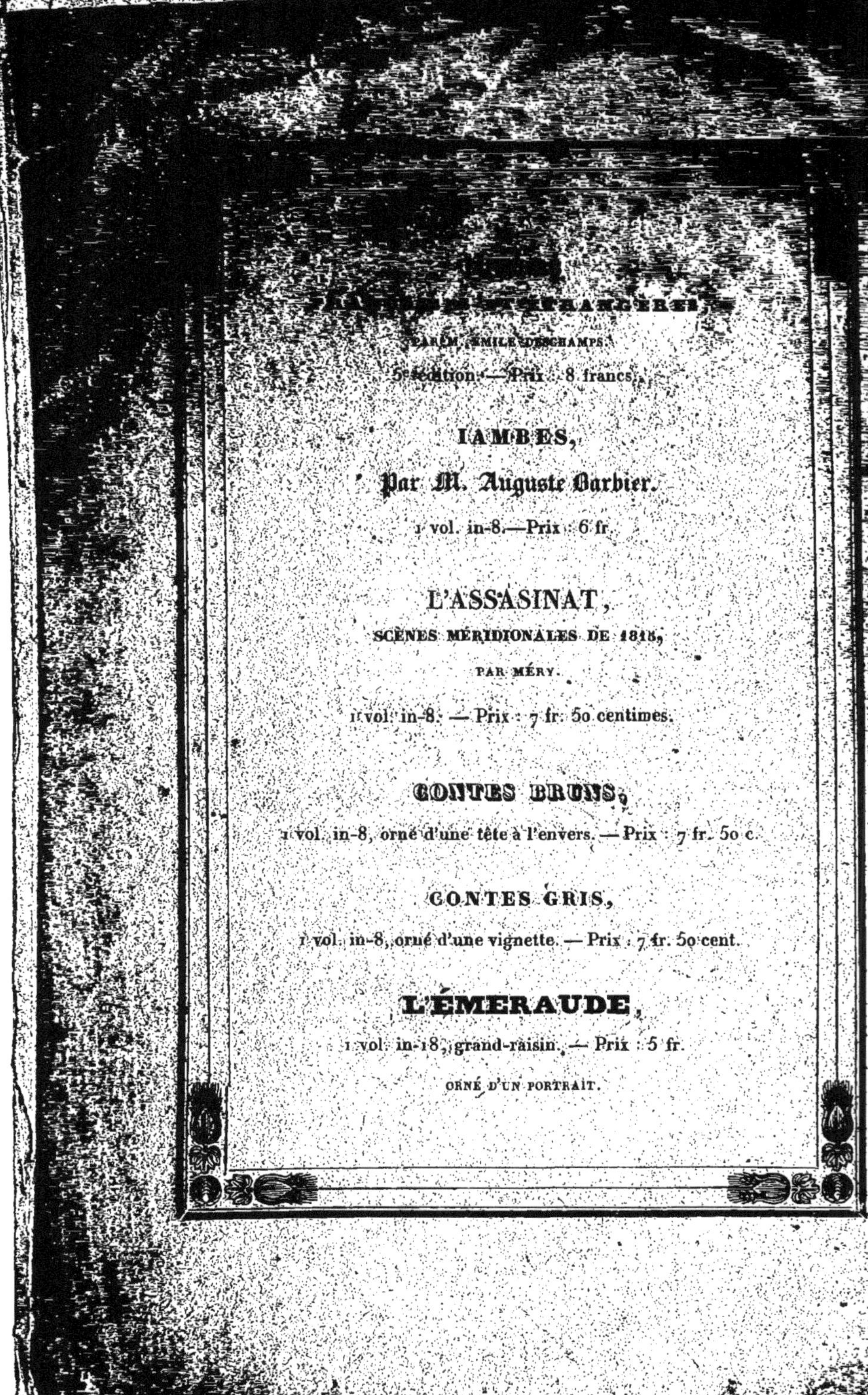

PAR M. ÉMILE DESCHAMPS.

5e édition. — Prix : 8 francs.

IAMBES,

Par M. Auguste Barbier.

1 vol. in-8. — Prix : 6 fr.

L'ASSASINAT,

SCÈNES MÉRIDIONALES DE 1815,

PAR MÉRY.

1 vol. in-8. — Prix : 7 fr. 50 centimes.

CONTES BRUNS,

1 vol. in-8, orné d'une tête à l'envers. — Prix : 7 fr. 50 c.

CONTES GRIS,

1 vol. in-8, orné d'une vignette. — Prix : 7 fr. 50 cent.

L'ÉMERAUDE,

1 vol. in-18, grand-raisin. — Prix : 5 fr.

ORNÉ D'UN PORTRAIT.

www.ingramcontent.com/pod-product-compliance
Ingram Content Group UK Ltd.
Pitfield, Milton Keynes, MK11 3LW, UK
UKHW020006130726
13694UKWH00005B/2125